KB132857

사랑할 땐 섬으로 가자

곰곰나루시인선 014

사랑할 땐 섬으로 가자

변문영 시집

곰곰나루

시인의 말

전문적인 문학공부는 하지 않았지만 틈틈이 메모도 하고 시인들의 시편도 읽다 보니 시가 좋아졌고 시를 짝사랑하게 되었습니다.

얼마 전에 딸 둘을 여의었는데 딸들을 시집보내듯 조심스럽게 몇 편의 어쭙잖은 습작을 모아 살얼음같이 얇은 시집 한 권 조심스럽게 선을 보입니다.

인사말도 그렇고 사는 것도 그렇고 간결해야 하는데 너저분히 길어집니다.

쓸데없이 장식적인 언어들의 조각들 헝클어진 머리카락 자르듯 싹둑싹둑 단정히 잘라야 하는데 아직 단절의 기술이 부족합니다.

죽는 날까지 아름답게 함축할 수 있는 연습을 많이 하도록 하겠습니다.

녹으면 보이는 무엇이 있듯 오르면 보이는 것들이 있었습니다.

히말라야 만년설이 녹아내리면서 잠들었던 유해들이 속속 깨어나고 푸른 별 지구가 대기오염 바이러스 등 몸살로 많이 아파하고 있습니다.

살아있는 모두가 건강한 예전의 몸으로 돌아오기를 간절히 기대합니다.

깊은 가르침을 주신 교수님과 곰곰 시창작반 선생님들에게 이 지면을 빌어 깊은 감사를 드립니다.

아울러 직장 동료분들, 가까이서 지켜봐 준 가족들에게도 고마운 마음 전하고 싶습니다. 앞으로도 많은 가르침과 따끔한 일침 바랍니다. 감사합니다.

총 50편의 시를 3부로 나누어 묶어봤습니다. 1부는 이별, 그리움, 사랑 등을 2부는 낙지, 굴비, 북어 등 사물에 대한 느낌을 3부는 코로나, 재개발 등 근황을 다룬 시를 수록했습니다만, 그런 데 개의치 마시고 가벼운 마음으로 읽어 주셨으면 하는 바람입니다.

2022년 2월
변문영

사랑할 땐 섬으로 가자

차례

제2부

제3부

제1부

어떤 슬픔

살랑살랑 골반 함부로 흔들지 마소.
하염없이 피어나는
길상사 극락전 앞뜰 붉은 상사화
떠나가는 뒷모습에
철퍼덕! 주저앉아
끊임없이 흐르는 피눈물
어이 감당하려고.

살금살금 뒤에서 두 눈 가리지 마소.
천상에서 날아와
손등에 피어난 검붉은 저승꽃
님 볼 수 없음에
털커덩! 내려앉아
피멍 든 앙가슴
어이 살아가려고.

이별극복

자, 목련!
떨어질 수밖에 없다면
한날한시 처절하게 낙화하라.
봄바람
불어도 되고
그쳐 사라져도 된다.
단언컨대
별일은 없을 것이다.
관건은 상처의 최소화
일차에서 추락의 속도를
현저히 감소시켜야 한다.
산허리에 걸치든
강어귀에 머물든
꽃불로 살아남는 것이다.
유혈 낭자해도
통째로 잊지는 마라.

야, 생화!

질 수밖에 없다면
0.1초라도 앞당겨라.
봄비
내려도 되고
멈춰 사위어도 관계없다.
핵심은 눈 감지 않는 것
착지점을 놓치면 끝이다.
손닿을 곳 넝쿨 있으면
움켜잡아야 한다.
담쟁이 드렁칡 인동
누구라도 상관없다.
종국에는
눈 떠 있음에 눈물겨울 것이다.
내년 또다시
화악, 자연발화하리니!

털다, 그리움

문득 책갈피에 비상금 몇 장
숨겨둔 기억이 비상등처럼 깜빡였다.
월간지 계간지 시집 등등
부동자세로 서 있는 책들이 긴장한다.
한참 지난 식물도감 잡아 흔드니
색 바랜 벚나무 잎사귀 한 잎 나뒹굴고
오래전 구입한 에세이집 펄럭이니
네잎클로버 한 개
깊은 가을 속으로 내려앉는다.
특별한 행운은 없었다.
'하늘과바람과별과시'
유고시집 조심히 집어 펼치니
창백한 사진 한 장 튀어나와
발등을 가볍게 찍는다.
배후가 의심스러워 얼른 뒤돌아보자
순간, 거실의 피아노 소리 뚝! 멈춘다.
잊고 있었던 상처를 요절한 젊은 시인은
나 대신 오래도록 가슴에 품고 있었다.

뜻밖의 수익은 없었고
별 헤는 밤 가을이 가득한 페이지에 살며시
그리움 다시 묻었다.

누군가 내 멱살 잡고 흔들면
말 못할 참회록 몇 장 떨어질까?

아침 밥상 콩나물국이 올라왔다.
밤늦도록 건반을 두드리던 아내
악보 책을 털었나 보다.

장마

지금 전국은 대체로 흐리고
북태평양 고기압이 북상하며
이별의 수위를 증가시킨다.
같은 날 함께 가자던
꿈결 같은 동행
먼저 간다는 일방적인 속삭임으로
삽시간에 진로를 변경하고
저지대를 범람케 한다.
우중에는 눈물을 인정할 수 없다.
폭우에는 오열도 허락할 수 없다.
사라지는 모두가 그리움이고
젖어가는 모두가 서러움이다.

떨어지는 빗방울 가슴 통증을 유발하고
중독된 사랑은 십중팔구
뇌에 출혈을 동반시킨다.
기다림이 있어 행복했던 시간들
다시 볼 수 없다는 절망과

아직은 보낼 수 없는 간절함
울다 울다 몰래 바다가 된다.
우기에는 작별을 수락할 수 없고
흘러내리는 모든 것들은 치명적이다.
우천에는 하늘길도 막혀 있고
내연관계는 당분간 지속될 것이다.
전선前線엔 죽어도 이상 없다.

버스 정류장에서

손들지 않고 노선버스 그냥 보내는 이유는
별자리 헤아리며 북극성 위치 찾아
그대 떠난 발자취 더듬고 싶은 까닭이오.
행여 그대 이 자리 다시 돌아와
님 떠난 빈자리 울며 갈까 함이오.

한 정류장 미리 내려 걷는 이유는
추억에 젖은 거리 그대 온기 기억하며
길모퉁이 찻집 커피 한잔 하고 싶은 생각이오.
봄바람 실려오는 수수꽃다리 향기 맡으며
그대 그림자 따라가고 싶기 때문이오.

집 앞 정류장 내리지 않고 지나치는 이유는
꿈길 그대와의 동행 조금 더 간직하고
잡은 손 놓치지 않기 위함이오.
가슴 깊이 파고드는 그대 떠나가는 뒷모습
이별의 통증 삭이고자 하는 것이오.

지하철 연가

어머니! 열차가 전역을 출발하였습니다.
그리워도 한 걸음 물러나 잠시
기다리시기 바랍니다.
거리에는 가로수 곱게 물들어
단풍주의보 발령되고 있습니다.
생은 인내의 연속이라며
가족들의 밤늦은 귀가를
한평생 지켜보지 않으셨나요?
잠시만 참으시면 어두운 터널 지나
빛깔 고운 얼굴들 가득 실은 꽃마차
당신 곁으로 다가올 것입니다.

어머니! 조금 후 터널 속에서
달려오는 불빛이 보일 것입니다.
이 가을 가기 전 우리 역에
조용히 다가와 정차할 것입니다.
출입문 열리면 서두르지 마시고
가만히 승차하여 자리를 잡으시기 바랍니다.

조급하면 지는 것이라고 항시
물 흐르듯 살라 하지 않으셨나요?
아직은 정신을 놓으실 때가 아닙니다.
도착지를 지나칠 수 있으니
깊이 잠들지는 마셔요.
안내방송에 귀 기울이시면
정겨운 목소리 들려올 것입니다.

어머니! 다음은 환승역입니다.
미로와 같은 노선에
많이 당황하지 마셔요.
세상살이 직진만 할 수 없다고
천천히 돌아가야 할 때도 있다고
늘 말씀하지 않으셨나요?
이제는 내려야 할 시간입니다.
꿈과 현실의 사이가 넓어
발이 빠질 수 있으니
각별히 주의하셔야 합니다.

도시에는 곧 겨울이 방문합니다.
옷깃을 단단히 여미시기 바랍니다.

개찰구 지나 지상 오르시면
그때 잔잔한 미소로
마중 나온 반가운 햇살들을
따뜻한 가슴으로 꼭 안아주셔요,
어머니!

발굴

야심한 밤,
아련히 누군가 그리울 땐
은밀히 대지의 단추를 열고
기원전 유물을 발굴하자.
거기, 빗살무늬 탐스럽게 머금고
그윽이 신석기가 누워 있을 것이다.
고려 상감청자 옷고름 고이 풀면
비취색 누드 컥컥
숨 막히게 안길 것이다.
지축 흔드는 굴삭기 동원 말고
오체투지하듯 공손히 엎드려
순수한 열 손가락 거스러미 일도록
역사의 밑바닥 탐해 보자.
신라의 귓불에 훅훅
뜨거운 숨결 불어넣자.
삐걱대는 무릎 연골
닳아 삭제되어도 좋으리.
은발의 미라 지금 하품 중.

쥐도 새도 모르게
흔적 없이 보쌈하라.

고적한 밤,
간절히 누군가 보고플 땐
고대 유물집 책장 넘기며
백자 달항아리 국보 풍만한
허리를 유려하게 더듬어 보자.

접시꽃 비밀

비바람 몹시 부는 인적 없는 새벽
대기권 밖 외계에서 한줄기 광선으로
지구를 방문한 미확인 물체
팝콘 터지는 엔진소음도
갈색빛 대기가스도 배출하지 않은 채
조그만 마을 어귀 돌담 옆
꽃대궁에 불시착한 접시 비행체
정부 주요기관에도 포착되지 않은
정체불명 진분홍 접시꽃이었다.
부적절한 음속으로 우주를 헤매다
푸른 별에 살포시 비상착륙하였다.

달 없는 밤이면 빛의 속도로
지구 곳곳을 순간 이동하여
새 원숭이 거미 꽃 등 기하학적 문양과
밀 옥수수 귀리밭 등 대평원에
거대한 미스터리 서클을 새기며
의문의 메시지를 전달했다.

외계인의 금기사항인 지구인과의 만남은
불가사의한 향기를 뿌려놓았다.
한 사람과의 달콤한 입맞춤
치명적인 바이러스에 감염되고
눈 큰 외계인은 이별의 시간이
멀지 않았음을 감지하고 있었다.

풀벌레 밤새 울어대던 늦여름 밤
다소곳 머물렀던 나선형 접시꽃
밑동만 남기고 별안간 사라졌다.
남겨진 인간에게 아물 수 없는 상처를 남기고
머나먼 행성으로 날아간 일급비밀이었다.
창공에는 비행운의 흔적을 찾을 수 없었고
남자의 하늘 보는 습관은 그때부터 시작되었다.
이슥한 밤 옥상에 올라
아무도 모르게 미지의 외계로
레이저 문자를 송출하기도 한다.
'삐삐삐삐- 지금 지구는 많이 아픔'

등대

바닷가 민박집에서 일박을 했다.
새벽에 일어나니
내 몸에 거대한 등대가 솟았다.
빼꼼히 열린 거실 창문을 요염하게
비집고 들어오는 갯바람
비릿한 귀엣말을 속삭인다.
오호라! 공기 좋은 해변에 오니
등대도 볼 수 있네,

그렇다!
푸른 바다에만 등대가 서는 것은 아니다.
마음먹기 따라
가까운 곳 어디든
등대는 서 있을 것이다.
서로가 등을 대고 비비면
어둠을 밝히는 등명불이 점화되는 것이다.
굳이 머나먼 수평선 바라 볼 필요가 없는 것이다.

몰라서 그렇지,

어느 누구나 빨강 하양 노랑

견인등 하나씩 뜨겁게 품고 있다.

사랑할 땐 섬으로 가자

섬으로 가자.

2박 3일 월차 내고
외딴섬 민박집에서 ○을 그리자.
쉽사리 넘나들 수 있는 점선 말고
잘 지워지지 않는 유성매직으로
동그란 실선 쿡쿡 눌러 긋자.
끼니는 건너뛰어도 된다.
그 안에서 한눈팔지 말고
허리 휘청대는 야성에 몸을 맡기자.
보름달 거미줄에 걸리면
한 마리 늑대 되어
달빛사냥에 몰두하자.
이성은 부질없는 허상
원초적 본능 적나라하게 끄집어내어
어둠의 급소에 일격을 가하자.

사랑할 땐

인적 드문 섬에서
완전히 고립되자.
살해될 것 같아도 SOS 보내지 말고
지금은 각별한 ♀♂되자.
유혹, 그 치명적 오르가슴
손톱으로 바람의 등을 할퀴며
주도면밀한 비밀을 잉태하자.

사랑할 땐
한 마리 수사마귀 되어 원 없이
산 채로 죽어도 좋다.

이 계절엔

연분홍 치마
봄바람에 치켜 올라가도
이 계절엔 용서가 된다.

선혈 낭자한 영산홍
뻘뻘 능선을 넘어도 땀 흐르지 않고
검은 암고양이 소리죽인 월담
징그럽게 달도 밝다.

춘삼월 환절기
호흡이 불규칙해도
내면 깊은 인공호흡하지 마라.
이 계절엔 그냥 사위어도 인정하리.

가슴 한쪽 모서리
옹이로 입양된 어린 눈망울
이 계절엔 더욱 미안하고
온 산에 피멍 들어도

통증은 인정되지 못한다.

머리 풀어헤친 이 달은
아니 땐 굴뚝에 연기 나도
꽃샘바람 의심치 아니하고
흔들리는 아지랑이 현기증 일어나도
비틀거릴 이유 전혀 없다.

꿈틀대는 이 계절엔 발걸음 조심하자
저변에 피어나는 새싹들
사뿐히 즈려밟지도 말아야 할 것이다.

잔인한 이 계절엔
봄비에 만취해
꽃나무 꺾어도
판사는 무죄 판결한다.

봄날, 그 의혹

마셔야만 취하는 것은 아니다.
비를 맞으며 우리는
어디론가 스며든다.
이렇게 봄날은 흐르고
병사들은 서해로 가서 눕는다.

어둠에 좌초된 청춘들
대체로 아픔을 숙명처럼 안고
귀대를 서두르지 않는다.
그렇게 병사들은 실종되어 간다.

그들이 걸어간 길목과
우리들이 걸어온 흔적에는
이해할 수 없는 그리움이 질펀하다.

목젖까지 차오르는 해수海水
서러운 영결에 오열하고
허리 숙인 목련

뽀얀 가슴살 살짝 보이는

징그러운 그 봄날
그 의혹!

봄의 단상

산천보세
은은하게 봉오리 피었다.
난향 그리워
꽃부리에 코를 대다가
난蘭 잎에 눈 콕, 찔렸다.
예리한 지적이었다.
봄, 아무데나 들이대지 마라!

빨간 장화 비둘기 한 쌍
검정 부리 콩콩 쪼아대며
살맛나는 푸른 대지에
노크를 한다.
금 간 아스팔트 열려진 문틈
노란 민들레 빼꼼 얼굴 내민다.
봄, 틈새전략이다.

작가미상 양지뜸 무덤 위
봄 까치꽃 두 송이

파란 눈동자를 깜빡거린다.
익명의 산소에도 생명은 오고
저승에도 꽃은 핀다.
산 자는 청산에 들어가고
봄, 죽어도 필 건 핀다.

이른 아침 사무실 책상 위
누군가 초콜릿 하나
날쌔게 놓고 사라졌다.
점심시간 구내식당
식탁 아래 분홍 발톱
톡톡 다리를 건드린다.
봄, 위험한 유혹이다.

안개구간

해무 상습 출몰 지역에서는 비상등을 가볍게 억누르며 서행하자 간혹 살다보면 한 치 앞이 애매해지고 어디로 가야 할지 모호할 때가 있다 불투명한 새벽에는 잠시 잡은 손 살며시 놓고 적정거리 유지하며 감속하자 오해발생 구간에서 과속하는 연인들 어처구니없는 돌발상황을 야기하고 수습 어려운 긴 고독을 유발하며 씽크홀처럼 느닷없이 어디론가 스며든다 이 구역에서 홀로 걷는다는 것은 돌이킬 수 없는 치명상을 동반하고 청춘을 절룩이며 흔들리는 교각을 건너야 할 것이다 진정 헤어지기 가슴 아린 여정이라면 안전운행과 최적온도를 고집하면서 아침 햇살까지는 최대한 저속해야 한다 후미에서 번쩍번쩍 눈부시게 상향등 치켜뜨지 말아야 할 것이다 오랜 만남의 갈등 바다만큼 깊어지고 현수교 아래 통통거리는 배들은 하얀 붕대를 감고 섬으로 향하지만 이내 미궁 속으로 사라진다 시간은 넉넉하고 아직 늦지 않았다 한순간 가시거리 제로에 가깝더라도 갓길로 접어들지 말고 살포시 보조개 유지하며 잃어버린 것 잃어버리지 말 것에 대해 뜨거운 눈시울로 찾아보아야 한다 속도는 순간에 사라질 부질없는 허상 자욱한 서러움이 투명하게 걷힐 때까지 두 팔 깃털같이 흔들어 존재를 알리고 등대 수신호 따라 동백 피어나는 섬까지는 어깨 부축하고 아름답게 도착해야 한다

전설의 고향

복수를 위해 평생 칼을 갈았다.
호수에 떠 있는 달빛 비늘을 잘랐고
흩날리는 낙엽의 급소를 베었다.
복사꽃 능금꽃 피는 마을
외나무다리에서 부모의 원수!
아니, 원수의 여식을 만났다.
단칼에 원한을 끝내기가 너무 원통해
평생 옆에 데리고 살며
오래도록 복수하기로 결심했다.
결코 봄꽃향기에 취해서가 아니며
정녕 원수의 딸이 고와서가 아니었다.
진달래 개나리 민들레 피고 지기 수십 번
아직도 복수를 위해 밤마다 발검을 하고
숨넘어가게 싸우고 있다.
부모님이 구름 위에 서서 내려다본다.
"쯧쯧! 에라, 이 지지리 못난 놈!"
혀를 차고 계신다.
그 이후 이 외나무다리를

'용서의 다리'라 불렸다는 전설이
남쪽 지방에서부터 봄바람을 타고
은은히 전해져 올라오고 있다.

일기예보

내일은 늦은 오후부터
비 올 확률 99.9%입니다.
전국의 나무들은 주의하시기 바랍니다.
빗물의 속셈을 파악하시어
꽃잎이 떠나가지 않도록 꽃순을
꼬옥 붙들어 매시기 바랍니다.

물오른 목련아씨
뽀얀 마스크 아직은 훌훌 벗을 때가 아닙니다.
허리띠 바짝 동여매고 외출을 자제하시기 바랍니다.
달 없는 밤 무단외출 시 보쌈을 당할 수가 있습니다.
잦은 기침과 발열이 높으신 분들은
벚나무 아래 주차하지 마십시오.
벚꽃잎들이 순식간에 자가용을 덮을 수 있습니다.

또한, 내일은
절기상 곡우로 비가 오면 풍년이 든다는
속설이 전해져 내려오고 있습니다.

아울러 부정을 탈 수 있으니
부부간 동침을 삼가시기 바랍니다.

잠시 속보를 전해 드리겠습니다.
달팽이가 안개 낀 도로를 질주하다
연쇄추돌을 일으켰다는 소식입니다.
안개지역에서의 과속은
긴 고독을 맞이할 수 있으니
비상등을 켜고 저속으로 운행하시기 바라며
속보를 마치겠습니다.

이번 주말부터는
평년기온을 회복할 것으로 전망합니다만,
오랜만에 만난 친구라고
손잡고 흔들어 대지 마시기 바랍니다.
떠나간 여인 아직도 보내지 못하고
울먹이며 눈물 떨굴 수 있음을
상기하시기 바랍니다.

삭제된 이름 다시 부를 확률 제로입니다.
믿는 도끼에 발등 찍힐 수 있으니
기다리지 마시기 바랍니다.

현재는 꽃샘바람 몹시 불고 있습니다.
댓잎 심하게 흔들릴 수 있으니
대나무들은 조금만 더 인내하시어
지조와 절개를 지켜주시면 감사하겠습니다.

일기예보를 마치고 잠시 후
'전설의 고향'을 방영하겠습니다.
많은 시청 바랍니다.

제2부

고사목

노승은 해탈해도
하산하지 않는다.
지리산천
흔들리지 않게
하얀 나무못
능선 깊숙이
천년만년
하염없이 박고 있다.

시인은 절필해도
길바닥에 눕지 않는다.
백두대간
정상에 홀로 올라
길 잃은 짐승
온전한 귀가까지
천세만세
팔을 들어 수신호한다.

낙지

구물구물 첫눈 올 것 같은 초겨울
꼬물거리는 무언가 씹고 싶다.

탕탕탕 도마 위에서 산 채로
낙지 한 마리 사방팔방으로 날아간다.

ㅅ ㅏ ㄴ ㄴ ㅏ ㄱ ㅈ ㅣ

육신에서 떨어져 나간 자모들이
손목과 발목을 비틀며
둥근 쟁반 위에서 살풀이 한판 추는데
이승의 끈을 완고하게 붙잡고 늘어지는

ㄱ ㅐ ㅅ ㅂ ㅓ ㄹ ㄴ ㅏ ㄱ ㅈ ㅣ

쫄깃한 단어 하나 질겅질겅 씹는데
어금니 사이로 파고드는 기억의 조각들
젊은시절 영어 콘사이스 한 권

재근재근 씹어먹었다는 퇴직 선배의 넋두리
목젖에 억척스럽게 달라붙는다.

흐리고 가슴 먹먹한 날에는
가늘고 쫀득한 무엇인가
아귀처럼 씹어 먹고 싶다.

ㅅ ㅔ ㅂ ㅏ ㄹ ㄴ ㅏ ㄱ ㅈ ㅣ

공허한 기도 속으로
끈질긴 생生 한 점 스며들고 있었다.

우시장

소 한 마리 고가에 낙찰되던 날
우리들의 등급은 결정났고
고깃집 주인은 A+를 추천했다.

독산동 우시장에는 매일 저녁
갈매기와 제비가 날아다닌다.

소가 그리운 화가는 LA로 떠나고
꽃을 사랑한 여자는 등심을 굽는다.

자목련 떨어지는 먹자골목
조명에 절인 붉은 모더니즘이 숙성되고
실종된 순수와 거세된 사고思考가 발효된다.

천재는 더 이상 소를 기억하지 않는데
해질녘 회식에는 수시로
암소 한 마리 아름답게 해부되고
처녀는 청춘을 날로 먹는다.

>

독산동 우시장
소는 없는데 내장이 무한 리필되고
출생의 등급을 매기면서
우리는 점점 소를 닮아간다.

'삶은 외롭고 서글프고 그리운 것'*
화가는 소를 그리며 야위어 가고
우리는 소를 먹으며 업業을 살찌운다

소 한 마리 최고가를 경신하던 날
가난한 화가는 더 이상 은박지에
명화를 남기지 않았고
나이 든 박 주사는 치맛살을 뒤집었다.

* 이중섭 화가의 시 「소의 말」에서

돌탑

애초 이 능선에 구름을 올려놓은 바람
이것이 그리움 되리라
예감했을까?

구름 한 점씩 퇴적될 때마다
가슴 짓누르는 깊은 고독
만남보다 이별이 많은 시절
세월은 약이 아니라
아물지 않는 상처로
산기슭에 서성인다.

심심산천
공들이지 않은 탑 어디 있으랴.
외로울 땐 버선발 그대로
그림자 발자국 좇아
정든 님 찾아 떠나가지만
경사면에 남겨진 기억
누구에게 잊혀지지 않기 위해

나름 해발고도를 끌어올린다.

지면과 지상에는 각도에 구애 없이
무게중심 존재하지만
비탈에는 이제 머물 자리가 없다.

설령 삭풍에 허리 깎이어도
이제는 중턱에 서러운 돌무덤 쌓지 말자.
덮는다고 다 묻히는 것은 아니다.
무거운 응어리 가벼이 내려놓고
해지기 전 노을처럼 하산하자.

회를 치다

싱싱한 바다 한 마리 낚았다.
온몸을 다해 파도처럼 꼬리를 친다.
도저히 헤어날 수 없는 유혹이다.
살아있는 자들만이 살아있는 것들의
속살을 벗길 자격이 주어진다.

겨드랑이 사이로 차가운 손이 헤집고 들어온다.
천장사가 이승의 육신을 해체하듯
인연 한 점 한 점 정성껏 썰어야 한다.
사연의 육질은 쫄깃했고
바다의 물결 자국은 고독했다.

검은 봉지 하나 허공을 유영한다.
갈매기들은 버려진 내장을 들쑤시고
흔적 없이 또다시 천상으로 사라진다.
저승으로 가는 길은 무겁고
이별은 또 하나의 인연을 예고한다.

매운탕은 사는 것만큼 맵지가 않았다.
누군가 몰래 지켜보는 느낌이 있어
주위를 둘러보아도 특별한 시선은 없는데
부글부글 끓어오르는 냄비 속에서
검은 동공 하나 뚫어지게 쳐다본다.

계절은 돌고 꽃은 피고 지고
생자生者와 망자亡者는 순환한다.
살다보면 잘라야 할 때가 오고
불을 얼큰히 지펴야 할 때도 온다.
그때 단숨에 뜨거운 들숨을 들이켜야 한다.

그래, 이 맛이야!
죽음으로 가는 이 감칠맛!

사蛇의 찬미

독 없는 청춘!

광막한 아리조나 사막에서
허울 벗어 던지고
불모지에 심장을 밀착하라.
어둠의 바위틈에서 방울소리 죽이고
뜨거운 열정 품어라.

아름다운 파충!

적막한 사바나 밀림에서
꿈틀대는 본능으로
바람의 진동을 느껴라.
그물무늬 비단으로 순수를 포옹하고
차디찬 이성 잉태하라.

야생은 기회!

고행의 길목 갠지스 강변
육신의 똬리를 틀고
귀두를 치켜세워라.
에로틱에 길들여지지 말고
한 방울 맹독 날 위해 남겨라.

모기

가난한 여자는 의심이 많고
가려운 부위도 많다.
기온은 강원 산간을 영하로 끌어내리고
여자는 암흑 속에서 허공을 긁어대지만
내면이 영 시원치가 않다.
자정의 고요 속 한 줄기 비상 사이렌
수혈을 위해 깊숙이 심호흡하는데
여자는 죽비 같은 모기채로
남자의 등짝을 내리친다.
화들짝! 세포들이 일제히 기립한다.
삶의 깨달음 한순간에 다가오고
하찮은 미물이라도 죽음은
그리 간단치가 않았다.
여자는 뒤늦게 향불을 피웠고
본능적으로 공기의 진동을 감지한다.
산란이 간절한 암모기
변두리 어둠 속 날개를 웅크리며
시류時流의 변화를 지켜보고 있다.

>

긴장해야 한다, 어느 날 갑자기!

심장에 소리 없이 빨대가 꽂힐 것이다.

굴비

눈의 보금자리
히말라야가 녹아내리고 있다는 뉴스가
심야의 방송을 타고 흐를 때
오래된 냉장고 하부에서
끈적한 물이 흘러내리고 있었다.
오르면 보이는 것들이 있듯
녹으면 나타나는 무언가 있었다.

해발고도 8천m 이상 14좌
만년설이 조금씩 사라지면서
빙하기 유해들이 속속 발견되고
영하 20° 냉동실 성애가 액화되면서
조난된 굴비 한 마리 해동되고 있었다.

하산하지 못한 영혼들은 이정표가 되어
길 잃은 바람들을 인도하고
굴비는 비굴하지 않게
달궈진 프라이팬에 올라갔다.

>

히말라야 늙은 눈표범이
산정에 올라 죽는 이유가 있듯
빙산의 두께가 얇아지는 이유를
우리는 분명 알고 있을 것이다.
바다 밑 하늘 같은 깊이가 있듯
산에도 심해 같은 깊이가 있다.

불판의 기온이 온난해지고
굴비의 속살이 노랗게 익을 즈음
칸첸중가 돌무덤 위로
100여 년간 동면한 나비들이 날아다니고
타르초가 만국기로 흔들리고 있었다.

흰 유골들은 빙산의 일각으로 남아 있길 원했고
굴비의 영혼이 반짝이는 유빙처럼
육신에서 떨어져 나갈 때
세계의 지붕 에베레스트
푸른 눈물을 흘리고 있었다.

갈대는 알고 있다

갈 때 가더라도
오해는 풀고 가라,
바람은 극복이 아니라
함께 가는 동반이라는 것을.

이른 새벽 맨손 비비며
서성거리는 것들은
결론을 알고 있다,
누가 떠나고 누가 머무는지.

습지에 일생을 발목 묻고
백발 성성히 지켜보는 눈들은
이미 예감한다,
철새들은 조만간 날아가고 결국
빈 둥지만 남는다는 것을.

머리 들어 중천을 봐라,
겨울 상공 제트기 한 대

마른 갈대 이삭 한줌 털어놓고 떠나간다.

올 때 오더라도
진실은 알고 오라,
입들이 내는 소리와
잎들이 우는 소리는 울림이 다르다는 것을.

한 밤에도 눕지 않고 맨발로
서서 잠자는 짐승들은
누가 오고 누가 가는지
정확히 인지하고 있다.

숨차게 달려와 강변에서 헐떡이는
하얀 호흡들
삶은 손쉬운 상대가 아니라는 것을
직감하고 있다.

우아하게 착지하는 갈숲의 백로 한 마리

순백의 날개 펄럭이며 균형을 잡는데
구경하던 하중도 갈대들
사각사각 일제히 기립박수를 보낸다.

수박

신선한 원숭이 골
요리가 있다고 한다.
자신도 모르게 순식간
정수리 잘려나간 유인원
머리가 약간 간지럽지만
손발이 묶여 있고
졸음이 별처럼 쏟아진다.

오뉴월 중복
누군가 숟가락으로 뇌수 같은
붉은 여름을 뜨겁게 파먹는다.

조심해라!
너도 언젠가 뚜껑 열리는
날이 있을 것이다.

졸지 마라!
초저녁 초승달처럼
갉아먹힐 때가 있을 것이다.

초식동물의 눈물

동물의 왕국 세렝게티 국립공원
사바나의 끝없는 지평선
다리 가는 짐승이 산고産苦로
소리 없이 우는 이유를
어슬렁거리는 육식동물은 알 수 없다.
바람을 등진 양수羊水의 향기
야생의 끈덕진 표적이 되고
건기의 흙먼지
은폐물 효력 없이 금세 발각이 된다.
세상에 갓 나온 톰슨가젤
옹알이할 시간이 없고
보호구역은 보호를 받을 수 없다.
엎어져도 일어나야 하고
절룩거리며 종족의 뒤를 따라야 한다.

보안등도 깨어나지 않은 새벽
가쁜 호흡을 내뱉는 일용 인부들
봉지빵 한 조각 허기를 때우고

초원을 향해 픽업되어 몰려가지만
평원은 평화롭지만은 않았다.
어둠이 먹이를 찾아 배회하는 저녁
가는 미풍에도 소스라치는 초식동물들
소화되지 못한 빵 한 조각 되새김하며
싸늘한 달방으로 기어 들어가지만
바스락거리는 삶은 건물주에게
곧 발각이 될 것이다.

회식이 끝난 한 무리 잡식동물들
생고기 전문점 질 좋은 마블링은
더 이상 아름답지 않고
이빨 사이에 낀 안심 찌꺼기를 들쑤시는데
벽걸이 대형 TV '동물의 왕국'이 막을 내리고 있었다.

삼겹살 굽다

간혹 삶이 대나무 속처럼 공허하고
눈빛 마주쳐도 스파크 튀지 않을 때
지글지글 삼겹살 노릿노릿 구워먹자.
이글거리는 불꽃을 응시하면서
급하지 않고 쫄깃하게 빈속을 채우자.

어느 날 문득 옥상에 올라 바라본
불타는 저녁노을이 무심해진다면
냉장고에 꽁꽁 얼려두었던 냉삼겹 꺼내
단둘이 황혼을 바라보며 파릇한 정구지에
시큼한 묵은 김치 곁들여 뜨겁게 녹여보자.

사는 게 종종 맹숭맹숭할 때가 있을 것이다.
이럴 땐 희디흰 돈육에 굵디굵은 소금 솔솔 뿌려
매운 통마늘 함께 살짝 태워 쌉싸름히 먹어도 좋다.
아울러 작은 고추 하나 통째로
씹어 삼켜도 속 아리지 않을 것이다.

지지고 볶고 오래 살다 보면 소 닭 보듯
관계가 밍밍해질 때가 있기 마련이다.
그럴 땐 한적한 강변 캠핑장에서
얇은 편마암에 생고기 돌구이도 좋다.
애태우며 정성스럽게 뒤집어야 할 것이다.

민들레 꽃잎이든 가까운 여자의 연륜이든
노랗게 익어가는 모습은 경이롭다.
삶을 구워삶듯 삼겹살 고소하게 음미하자.
꽃상추 흰쌀밥에 달콤한 미소 살짝 얹어
아! 한입 쏘옥 넣어줘도 될 것이다.

낙락장송

귀가 순해진다는 이순耳順
적송 한 그루 창가에 걸터앉아
휘이훠이 철사를 몸에 감는데
늦은 오후 창살 틈으로 비집고 들어오는
햇살 한 줄기 뒷목을 조여온다.
피부는 붉은거북 등처럼 갈라지고
어느덧 노송이 되어가는데
아직도 인생 뭐 그리 궁금하다고
대지 밖으로 뿌리를 내밀어
어스름 주변 세상을 두리번거린다.
조상의 내력을 들춰본들
일송정 푸른솔 같은 변변한 감동
별로 없는데 노을에 솔잎 반짝인다.
간혹 인생살이 간지럽다고
팔을 꺾어 굽은 허리 긁어 보지만
지나온 삶이 그리 마땅치 않다.
솔방울 무게도 늙어가는 나무에게는
힘에 겨워 실바람에도 가지가 낭창거린다.

>

더울 땐 땀방울 식혀주고
목마를 땐 갈증 해소하고
추울 땐 따뜻하게 비춰주던
바람아, 물아, 햇빛아,
석수정 옥규봉 친구들아!
지금은 거친 꿈도 깊어진 밤
혹여나, 한참 지나 솔내음 그리워지거든
해안가 높은 절벽 중턱으로 오라!
거기, 녹슨 철사 홀로 풀고 있는
낙락장송 한 그루 서 있을 것이다.

북어北魚

코앞 마주 보는 오래된 담벼락
시베리아 고기압이 입동을 스치면
이승에 아무 미련 없는 아가미
야위어 가는 삶은 북풍이 불 때마다
균열하는 콘크리트 벽에 머리를 콩콩
쥐어박고 허탈하게 미소를 흘린다.
희뿌옇게 건조된 시력
고층 아파트 옥상 안테나를 향하고
물 반 고기 반 떼거지로 몰려다니던
동해의 영화를 회상한다.

둥글지만은 않았던 세상살이
수시로 돌부리 치켜 올라오고
물려줄 가훈 하나 없는 노모
가족의 얼큰한 영양을 위해
죄 없는 북어를 수시로 두드렸고
멸종의 위기를 망각한 자식들
어린 노가리를 저렴히 씹어대며

죄 많은 청춘의 속풀이를 대신했다.
명태동태생태황태먹태백태
토종 어류의 씨를 말렸다.

'顯考學生府君神位'
지방을 쓰고 향을 피운다.
거실 한쪽 벽면 새우처럼 구부려
총기 잃은 눈망울 껌벅이는 노모
제상祭床 유골처럼 누워 있는 북어 한 마리와
눈을 맞추며 혼잣말을 하신다.

"미안코마, 마이 아팠지?
내도 니만큼 아팠다."

손톱

손톱깎이가 없던 시절
어머니는 크나큰 재봉틀 가위로
옷감을 재단하듯 손톱을
싹둑싹둑 잘라주었다.
가끔 손톱과 함께 살점이 깎여나갈 때는
유년의 끝자락이 쓰라려 눈물을 찔끔거렸고
대낮부터 처마 끝엔
하얀 손톱달이 걸려 있곤 했다.

몸져누워 계시는 노모의
손톱을 잘라 주었다.
"애야! 팔이 무거웠는데
구름처럼 가벼워졌다."
무거운 가위가 가슴을 눌렀고
손가락 끝이 저려왔다.
창문 너머 초승달이 처량히 꽂혀 있었다.

단풍, 멍들다

대웅전 노스님 예불을 올리는데
뒷줄에 앉은 동자승
꾸벅꾸벅 부처에게 절을 한다.
가을 햇살이
목탁에 반사되어
동자 머리를 정확히 때린다.
완벽한 득점이다.
부처는 염화미소 짓는데
산사 주변을 서성이던
아무 죄 없는 나뭇잎들
똑똑 또르륵 똑똑
노승의 목탁소리에
붉디붉은 멍이 들고 있었다.

출조出釣

그래,

다음 생은 내가 미끼가 되마.

동트기 전 물안개 피어오를 때

너는 나의 등에 바늘을 관통시켜

수면 아래로 은밀히 수장하라.

꿈틀거리는 관능,

청춘이 입질하면

바람도 모르게 챔질을 준비하라.

물새도 일제히 침묵하는 강가

생은 어차피 낚고 낚이는 것

아직은 기다려야 한다.

고요의 긴장 속

느닷없이 솟구쳐 오르는

갈대의 직립

지금이다!

이승의 순간을 낚아채라.

오냐,

또 다음 생은 내가 밑밥이 되마.
하얀 유골 곱게 분발로 갈아
진한 깻묵 함께
물밑 바닥에 골고루 투척하라.
쉬리어름치각시붕어
토종 언어들을 집어하라.
생은 어차피 돌고 도는 것
언제까지 머물 수 없다.
실버들 강물에 머리 감고
물총새 수중으로 내리꽂는 해거름
자리를 정돈하고
단정히 떠날 채비하라.
황금빛 월척 노을 속에 퍼덕일 때
지금이다!
소유를 미련 없이 방생하라.

네잎클로버

직사광선이 총탄처럼 공격하는 염천炎天
한내천 풀밭 중년 남녀 한 쌍
깊숙이 머리를 맞대고 심사숙고
결연한 방어계획을 세우고 있다.
여자는 털모자를 철모처럼 눌러쓰고
창백한 마스크는 하얗게 병색을 위장한다.
남자는 여자의 지나온 발자국과
함께한 전쟁의 상흔들을 뒤적거렸으리라.
전선에도 토끼풀은 무수히 자라고
의심의 여지없이 올망졸망 꽃은 핀다.
은폐된 초록잎사귀들 고개 빼꼼 내밀어
한치 빈틈없이 사주경계를 한다.

삶은 어차피 풀씨처럼 왔다가 풀꽃처럼 가는 것
마지막까지 잊지 말아야 할 것은
행복과 행운은 도처에 존재한다는 사실
하찮은 풀잎사귀 하나라도
고개 숙여 경건히 찾아야 할 것이다.

햇살이 여자의 정수리를 집중 공략한다.
현기증에 여자는 잠시 휘청거리고
남자는 여자의 야윈 생애를 부축하지만
여자의 손에는 이미 하트가 쥐어졌고
수면 위 청둥오리들이 물박수를 보내고 있었다.
그들의 소리 없는 병마에 승전보를 기대하며!
나는 한내천의 한낮 풍경을 스캔하며 가슴속에
네잎클로버 한 잎 정성껏 코팅한다.

제3부

기우제

한 푼만 보태줍쇼!
가뭄주의보 발령
늙은 걸인 땡볕 아래
겸허히 무릎 꿇고
간절한 기도 올린다.
땡그렁! 동전 한 닢 떨어지고
아, 시원한 소나기 내리신다.

부처님! 하나님!
폭염주의보 발령
초저녁 노모 꾸벅꾸벅
반절을 반복하신다.
또옥! 침 한 방울 떨어지고
창밖 능소화 배시시 웃는데
오, 빗방울 꽃잎을 두드린다.

근황

서울 사대문 밖
한강 이남
창백한 낮달이 정수리에 걸터앉는다.

이상과 금홍
백석과 나타샤가 걸어가는데
5인 이상 모임 금지
백색의 플래카드 바람에 날갯짓을 한다.

흥선은 청나라 볼모로 다녀와서
운현궁에 자가 격리된 채
동양난을 치며 후일을 기약하는데

관공서 보건소 앞
기나긴 줄은 끝이 안 보이고
흰 마스크와 간호사들의 흰 허리
붉게 충혈된 눈동자들

늙은 소크라테스 구멍 난 청바지에
관중 없는 무대에서 춤을 추고
세상이 아프다며 트로트를
구성지게 뽑아낸다.

사이렌은 수시로 중앙선을 넘나들고
아! 어머니 전화벨 소리
"밥은 잘 묵고 다니나?"
늙은 노모가 젊은 아들의 안부를 걱정한다.

가로수 이팝나무에서 익어가는 백미
모락모락 김이 난다.

산복도로에서

난다는 것은
하늘로만 가는 것은 아닌데
KAL은 오늘도 산山 구십 일번지
1구역 재개발 위를 날고
산 번지 골목을 누비던 바람들은
더 이상 머무를 이유가 없다.
할머니 가슴같이 야윈 비탈은
4차선 포도鋪道로 시린 기억을 덮고
무심한 차들은 거의 반사적이다.
김씨의 오랜 향수는
관공서 구석 주민등록에서 말소되고
혜련이는 고단한 가장의 어깨를
어느 겨울
오해 없이 짊어지고
구로동 외할머니에게 떠났다.
재개발과는 관련이 없었다.
장마가 먹구름으로 밀려와도
2구역 아파트촌은 억장 무너지는

걱정하지 않으며 장승처럼 기립한다.

이제는 떠날 이유가 없다.

나는 것이

하늘로 가는 것이 아니듯,

추락하는 것이

땅으로 가는 것이 아니듯,

지금

KAL은 칼바위 아래로 내려앉는다.

경계를 허물다

낡은 담장을 허물었다.
불개미 호랑나비 고추잠자리
허락 없이 지들 맘대로 들락거리고
작년 이맘때 집 나갔던
복실이도 살며시 돌아왔다.
배가 보름달만큼 부풀었고
그리 흔치 않은 산들바람
꼬리 흔들며 지나간다.
그때마다 대추 한 알씩
머리에 떨어져 붉게 멍들고
지난밤 꿈속 오랜만에
기별도 없이 아버님 다녀가신다.
오늘은 추풍낙엽 노크도 없이 들어와
잠시 머물다 돌아가고
창밖 재작년 명퇴한 김 주사
타박타박 창백히 걸어가는데
앞산 근거리로 다가와
오색단풍으로 목인사한다.

해거름에 길어진 행인들의 그림자
아무 제지 없이 경계를 넘나들고
백중사리 서해안 파도
앞마당까지 밀려와
발목까지 찰랑거리는데 텅 빈
조개껍데기 하나 백합처럼
하얗게 웃고 있었다.

정지선에서

이제는 서행해야 한다.
해 떨어지기 전
조용히 멈춰서야 한다.
우리에게 허락된 여정旅程
스키드 마크 한 줄 남기지 말고
우선 정차 후에
새털구름처럼 생각하자.
먼 바다,
부르지 않아도 잊혀질
안개섬으로 직진할지
좌회전하여 샛길로 빠질 것인지
경계선 1mm도 넘지 말고
산들바람처럼 생각하자.
마지막 유언 유실되어도
불법 U턴하지 말고
상처 입은 짐승들의
완전한 귀가까지
침묵하며 기다리자.

>

이제는 출발해야 한다.

동터 오르기 전

엔진음 1db도 들리지 않게 가야 한다.

떠나는 길 언저리 청춘이 점멸해도

이별의 눈물 떨구지 말고

새벽안개처럼 사위어야 한다.

아프리카,

급커브 돌아

흙먼지 이는 적도로 가든지

대머리 수리 천 년 동안

명멸하는 티벳고원을 향하든지

상실은 하지 말고

천천히 가속해야 한다.

고독의 예감 다가오더라도

경적 울리지 말고

절룩이는 영혼들의

아름다운 비상까지

양손 높이 흔들어 보내야 한다.

섬

때때로 사는 게 싱거워질 때면
섬으로 유배가고 싶다.
소금기 물씬 풍기는 바닷가에
위리 안치되어 오롯이 고립되고 싶다.

추사의 세한도
면암의 한라산유람기 같은 명작
조금도 바라지 않는다. 그곳에서
나뭇잎같이 얇은 시집 한 권 내고 싶다.

가슴 숭숭 뚫린 현무암
허리쯤 쌓아 울타리 만들고
한쪽 여백에 동백나무 한 그루 심어
불꽃처럼 피다 지고 싶다.

누군가 그리워 몸부림칠 땐
그곳으로 피난가고 싶다.
성산 일출봉 한눈에 보이는 포구에서

은박지에 짧은 편지 새겨 어디론가 보내고 싶다.

가슴 먹먹한 어두운 날
등댓불 밝히지 않아도
동백기름 부어 호롱불 켜고
바다 건너 안부 보내고 싶다.

그 섬에서
정수리 움푹 파인 검은색 돌 한 점
주머니에 몰래 주워 왔다.
밤새 꿈속에서
백록담에 빠져 허우적거렸다.

정전

안녕, 잘 있어! 짧은
작별인사도 없이 백열등은 나가고
적정한 세부계획도 작성하지 못했는데
관련근거도 모른 채 시스템 로그아웃이다.

초원 위 뭉게구름 순식간 사라지고
희미한 실루엣으로만 메모리되는데
커튼이 내려진 차가운 윈도
새로운 별이 업데이트되지 않는다.

수신이 차단된 전선電線 눈처럼 먼지는 쌓이고
돌아온다는 믿음에 초기화하지 못한다.
스팸은 전에 맛보았던 고소함이 덜하고
짧은 메신저 오래도록 삭제하기 어려웠다.
놀이터 모래 속 두꺼비 집을 검색하고
어스름 밤 책갈피 계곡 찾아 다녀도
백업 흔적은 남겨지지 않았고
촛불 밝혀도 좀처럼 해상도 오르지 않는다.

홀로 남겨진 아이디 어둠에 중독되고
금단현상에 자판을 짓누르지만
잊어야 할 것은 잊히기 마련인데
암흑 속에서도 화질은 존재하고 있었다.

어느 날 책상 위에 홀로 남겨진 노트북
스팟! 갑자기 생소한 메시지 수신되고
모니터 화면 심전도 그래프 포물선 그리는데

미안, 잘 있었어! 라는
사과 윙크도 없이 문틈으로 들어온 역광
태연히 팝업창에 걸터앉아 동의를 구하는데
어둠은 쉽사리 동의란에 √ 표시 하지 않는다.

49재

이승이 아름다운 계절
범룡사 대웅전
풍경이 울 때마다
매화 꽃잎이 떨어진다.
마하반야바라밀다
반복되는 독경에
노자는 쌓이고
노승은 부처의 미소를 짓는다.
남아 있는 중생
그가 파놓은 고독의 깊이와
그가 남긴 빈 술병의 내부온도를
잠시 가늠해 보지만 알 길이 없다.

바다 향한 오랜 그리움
저승 향한 짧은 유언이 되고
술 취한 밤이면
하늘 향해 중지를 세우고
“잘난 넘들아, X같이 오래오래 사세요!”

불경 같은 욕설을 해대던
그의 다음 생을 가늠해 본다.

일주문 합장 반배 후
돌아오는 발걸음
수리수리마하수리수수리사바하
소화되지 못한 진언眞言 한 줄
방지턱에 울렁거리고
먼저 가지 못한 노모
먼저 간 아들의
낡은 수동 휠체어
녹슨 유산으로 물려받고
서산엔 선홍빛 노을
뇌출혈로 휘청거린다.

비오는 날의 초상화

그리 길지 않은 줄이 순서를 기다린다.
예보에도 쉬이 떠날 준비를 하지 않았고
지상에는 불타오르는 목백일홍 꽃잎들
빗물에도 꺼질 기미 보이질 않는데
젖은 것들의 눈빛이 하나같이 심상치 않았다.

살면서 초대받는 경우 종종 있지만
구천九泉의 손짓에 응한다는 것이 만만치가 않아
인연의 끈을 놓지 못하고 이승을 배회한다.
블랙의 유혹은 수시로 찾아오지만
밀크커피처럼 매번 달콤하지는 않았고
삼가 조의를 표한다는 것이 녹록지만은 않았다.

우기에는 십중팔구 고립당할 확률이 높아
가슴 한쪽 흰 봉투 하나씩 품고 다닌다.
폭우에는 갈 길도 기약 없이 멀어지고
뜨거운 육개장 국물과 영정의 미소는
얼큰한 속풀이로 적당치가 않았다.

>

간혹 비 맞은 후투티 후드득 깃털을 털면
홀로 술병 또각 비틀어 자작하고
씁쓸한 알콜의 도수도 예년과 다르다.
눈 감기 좋은 계절 정녕코 따로 없는데
하계 우중에는 한숨도 길어지고
오동나무 목관도 한결 무거워진다.

습기 먹은 관짝 살짝이라도 건드리면
지난 흔적들이 주르륵 흘러내린다.
물 먹은 꽃나무 껴안고 흔들면
꽃물이 마스카라처럼 번진다.

버린다는 것

삐걱거리는 오래된 나무의자 꼭 버려야 할 때는
손 없는 날 잡아 애틋하게 버려야 한다.
처음 만날 때처럼 심장이 두근거리고
떨리는 손으로 노란 리본 간절히 붙여
양지바른 곳에 살포시 놓아야 할 것이다.
첫사랑 떠나보내듯 가슴 아파해야 할 것이다.

실패한 습작 원고라고 마구 구겨 휴지통에
덩크슛 같은 거 하지 말아야 한다.
A4 한 장이라도 버려야 할 때는
다소곳 반으로 접고 다시 한번 곱게 접어
하얗게 무릎 꿇고 종이학 접어 날리듯
촉촉한 눈으로 보내야 할 것이다.

잠 못 드는 밤 귀 기울이면
먼 우주 한 귀퉁이 흐느끼는 소리가 난다.
빛나지 않는다고 태양계에서 버려진다면
우리도 언젠가 빛을 발하지 않을 때

생의 후미에 방치될 수 있음을 상기하자.
버릴 땐 신중을 기해 한 번 더 생각해 보자.

깊숙한 구중궁궐 버려진 뒤주통 두드리면
미세한 신음소리 들려온다.
피치 못할 사정으로 버려야만 한다면
역사에 길이길이 아픔을 안고 가야 할
각오를 해야 할 것이다.
생사 확인 차 어지럽게 흔들지 말아야 할 것이다.

길어진 손톱 잘라 버릴 때에는
실종된 한 조각이라도 꼼꼼히 찾아
질 좋은 휴지 곱게 감싼 뒤
아무도 모르게
배산임수 햇빛 고운 명당자리 골라
단정히 묻어야 할 것이다.

영원히 존재할 수 없다는 것 알고 있다.

스스로 떠나가기 전까지는
웬만하면 버리지 말고 같이 가자.
독도강치 아무르표범 사향노루
멸종되어 사라진다 해도
그 눈빛 잊지 말자.
그 이름 버리지 말자.

주말

반도가 평화로운 주말에는
늦게 자고 늦게 일어나도 된다.
밤새 골목을 나는 나비 하늘하늘
꿈속에서 좇아보고 느지막이 일어나
아침 겸 점심을 가볍게 해결한다.
색 바랜 청바지 자유롭게 차려입고
가까운 전철역까지 타박타박 걸어가
경의선 신의주행 티켓을 구매한다.
도라산역 경유 철조망 사라진 DMZ
사향노루 암수 한 쌍 눈빛도 교환하고
휴대폰 카메라 영상 촬영 버튼도 눌러 본다.
개성역에 도착 서정리행 버스 환승
황진이 무덤 찾아 술 한 잔 권하고
심야운행 하행선 전철로
자정 지나 흔들흔들 귀가해도
주말에는 누구 하나 앙탈하지 않는다.

출근 안 해도 되는 빨간 날에는

밤 이슥토록 뒤척여도 된다.
오래된 SF영화 마션* 한 편 보고
옥상 올라 큰곰자리도 찾아보고
해 중천 즈음 느긋하게 깨어나
된장찌개 쌀밥 반 그릇 간단히 먹고
가까운 은하철도역으로 간다.
수성 금성 화성 목성을 경유하는
태양계 행성 순환열차를 예매한다.
화성역에 도착 후
창백한 푸른 점 지구가
한눈에 보이는 구릉에 올라
텃밭에서 가져온 씨감자 이랑에 심고
모래무지 쉬리 버들가지 일급수 민물고기
암수 한 쌍씩 개여울에 풀어놓고
새벽녘 여유롭게 돌아와도 좋다.

여유로운 주말 밤에는
조만간 이루어질 수 있는

환상의 꿈나래 마음껏 펼쳐도
아무도 시비 걸지 않는다.

* 2015년 개봉된 미국 SF영화로 화성에 혼자 남아 생존하는 과정을 그림.

늙어간다는 것

늙은 수캐가
마당 한가운데
오뉴월 햇빛 아래 늘어져
사타구니를 박박 긁고 있다.
툇마루 위 꼬부랑할머니
비스듬히 앉아 그 광경을
물끄러미 바라보며 중얼거린다.
"젊었을 때 그렇게
 열심히 하지,
 아무리 긁어봐라, 스나!"
옆에서 힘들게 등허리를 긁던
할아버지가 버럭 소리친다.
"뭐라카노, 이 할망구가"
늙은 수캐 까만 눈망울 껌뻑거리며
노부부를 번갈아 쳐다본다.
서산에 해가 뉘엿뉘엿 저물어간다.

점심
- 마음에 점을 찍다

관공서 구내식당 점심시간
마음에 간단한 점 하나 찍기 위해
동네 노인들 늘어선 줄이
저승길처럼 아득히 멀어진다.
부부 같은 백발의 남녀 한 쌍
산소에 뗏장을 얹듯
서로의 식판에 쌀밥 한 주걱
더 얹어 도닥거린다.
뒤에 서 있는 노인이 소리친다.
"빨리빨리 가지, 왜 이렇게 느려?
 여보시게나, 그렇게 재촉하지 않아도
 조만간 가게 되네!
 조급해하지 말게나, 친구!"
가까이서 지켜보던 흰 가운 영양사
선한 미소를 흘리는데
건물 밖 광장 모서리 소녀상 옆
하얀 목련이 고봉으로 피었다.

탄원서

존경하는 재판장님!
저의 죄를 사하여 주지 마십시오.
술 취해 꽃밭에 실례한 죄
어린 소나무 철사로 꽁꽁 묶은 죄
아직도 헛된 꿈을 꾸고 있는 죄
소멸시효 기간이 다가옵니다.
속히 저의 죄를 벌하여 주시기 바랍니다.

존경하는 재판장님!
저의 죄를 엄하게 다스려 주십시오.
어쭙잖은 글 모아 시집 낸 죄
질겅질겅 산낙지 물어뜯은 죄
모든 죽어가는 것을 사랑하지 않은 죄
집행을 유예하지도
청구를 기각하지도 마시기 바랍니다.

존경하는 재판장님!
늙었다고 무죄 방면하시거나

술 취했다고 선처하는 어리석은 판결
마시기를 간곡히 당부드립니다.
부디 존경받을 만한 재판 부탁드립니다.

유언

무덤 같은 그리움 설계하지 마라.
묻는다고 다 덮여지는 것은 아니다.
인적 드문 이른 아침
천상의 독수리떼
육신 찾아 이승에 내려앉을 때
히말라야 산정에 다다라
비행기 화물칸 개방 후
엉덩이 발로 차
바람 속에 완전히 직무유기하라.

지금은 초과근무 끝나고 돌아갈 시간
파일검색 후 괜찮은 시편
살며시 적출하여 상처 난 시인에
정중히 이식하라.
이제는 별로 가야 할 시간
부식된 지문은 인정되지 못하고
안면 있는 지구인 보이지 않는다.
확인 못한 메시지 수신 완료 후

시스템 로그아웃하라.

항복은 또 하나의 행복
결재 보류된 서류 솜털같이 흔들어
안드로메다에 발송하라.
씀바귀 민들레 질경이
순수들아, 잘들 있거라.
유서 깊은 유언 애초에 없었다.
부질없는 부고 날리지 말고
DNA 분석도 필요치 않다.
더블 클릭하여 온전히
은하계에 방생하라, 영원히!

라면 불리기

삶이 허기로운 이국의 저녁
냉수가 100℃에서 펄펄
끓어오르는 이유를
체류자들은 굳이 알 필요 없다.

해거름 편의점 간이탁자에 둘러앉아
3분 정도 메카를 향해 경배하듯
머리 숙여 기다리면 된다.

빛나는 은수저 아니더라도
20cm 나무젓가락 미안히 쪼개
출출한 타국의 한 끼를
얼큰하게 휘저으면 그만이다.

꼬불거리는 타향살이
허락된 기간 안에
사소한 상처자국 한 점
남기지 말고 호르륵호르륵

코란을 암송하듯 건져내면 다행이다.

구의역 스크린도어 사고
아직 뜯지 못한 컵라면 사연 하나
깊은 애도를 표하지 않아도 된다.

입국허가 받은 날
꼬불꼬불 휘어진 인생살이
빳빳한 여권처럼
곱게 펴질 줄 알았지만
인스턴트로 퉁퉁 불기만 했다.

비대한 비둘기 두 마리
바닥을 쪼며 성큼성큼
유통기한처럼 공포로 다가오고
출국날짜는 어느덧 눈앞이다.

청춘 완전히 퍼지기 전

라마단 금식기간이 열리기 전
저렴한 국물 한모금 들이키는데
배부른 만월이 동쪽 산등성에 두둥실 떠오른다.

해설

모든 흘러가는 것들에 대한 사유
- 변문영의 『사랑할 땐 섬으로 가자』에 부쳐

한원균
(문학평론가, 한국교통대학교 한국어문학전공 교수)

1. 시간

시간에 대한 사유로부터 자유로운 시인이 있을까요. 시간은 과거로부터 지속해서 흘러가는 것이라는 생각은 시인에게 어떤 상상력을 가능하게 할까요. 혹은 시간은 정말 과거로부터 미래로만 직진하는 것일까요. 시간이 단순히 계기적이고 연속적인 흐름이라면 우리가 지금 존재하고 있는 '지금과 여기'는 그 흐름의 어떤 지점을 가리키는 말인가요. 우리는 시간의 출발과 종말을 정말 알고 있기는 한 걸까요. 시간은 과거에 속하여 한번 일어난 모든 일들을 지워버리기만 할까요. 이런 물음들이 자연과학에나 속하는 질문일까요.

시간에 대해서 묻는 일은 시인에게는 어쩌면 가장 중요

하고 본질적인 사항일 수 있습니다. 최근 변문영 시인의 첫 시집 『사랑할 땐 섬으로 가자』를 읽으면서 이런 생각들이 다시 한번 떠올랐습니다. 시인에게 시간에 대한 사유와 기억의 의미를 묻는 일이 중요해 보였고, 이를 장소와 공간의 문제로 전환하는 방법이 돋보였기 때문입니다,

2. 다른 공간

시는 시간과 기억의 흔적이자 과거성에 대한 기록(archive)으로 볼 수 있습니다. 시간은 모든 경험을 과거성의 하나로 돌려 버립니다. 그리고 잊혀지게 합니다. 망각하는 작동원리가 일상의 범주에 속한다면 재생하고 떠올려 보는 일은 시적 범주에 속합니다. 시는 기억하는 방식의 새로움을 통해 자신의 존재를 증명합니다. 사라진 것, 부재하는 대상, 체험 영역에서 멀어진 존재를 기억하는 일은 그 자체만으로도 시적 울림을 가져옵니다. 가령, 숲과 자연을 노래하는 시인에게 그 자연체험은 현재의 상황을 전달하고 자신의 정서적 반응을 기술하는 일이겠지만 사실은 매우 중요한 일이 내재되어 있습니다. 고도로 진행된 기술사회에서 자연에 대한 체험, 자연의 기억은 사실 우리에게는 잊혀져 있습니다. 자연이라는 대상은 먼 과거에나 속하고 박물관에 가야만 전시되었을 뿐 아니라, 식물도감에서나 볼 수 있게 되었지요. 그래서 시인이 자연

을 노래한다는 것은 잃어버린 경험과 체험에 대한 기억행위이자, 그 자체만으로도 현재의 삶, 근대적 가치에 대한 비판적인 행위일 수 있다는 점입니다. 시인이 자연을 노래하는 일은 그래서 예사롭지 않습니다.

변문영 시인에게 자연은 변화하는 삶, 지나가버린 시간을 반추하는 존재로 그려집니다. 기억의 저편을 떠올릴 때 자연의 사물들 혹은 대상도 함께 나타납니다.

> 사라지는 모두가 그리움이고
> 젖어가는 모두가 서러움이다.
>
> 떨어지는 빗방울 가슴 통증을 유발하고
> 중독된 사랑은 십중팔구
> 뇌에 출혈을 동반시킨다.
> 기다림이 있어 행복했던 시간들
> 다시 볼 수 없다는 절망과
> 아직은 보낼 수 없는 간절함
> 울다 울다 몰래 바다가 된다.

–「장마」 부분

되돌릴 수 없음, 불가역성은 시간의 본질적 속성이며, 이로 인해 모든 사라짐은 망각과 추억의 기제 속으로 숨어버립니다. 시간은 고통과 상처마저 때로는 위안의 형식으로 포장해 줍니다. 그리움의 간절함과 열망은 내면의

"바다"를 만들어 냅니다. 그 바다 속에서 화해의 방법이 모색되기도 할 것입니다.

손들지 않고 노선버스 그냥 보내는 이유는
별자리 헤아리며 북극성 위치 찾아
그대 떠난 발자취 더듬고 싶은 까닭이오.
행여 그대 이 자리 다시 돌아와
님 떠난 빈자리 울며 갈까 함이오.

한 정류장 미리 내려 걷는 이유는
추억에 젖은 거리 그대 온기 기억하며
길모퉁이 찻집 커피 한잔 하고 싶은 생각이오.
봄바람 실려오는 수수꽃다리 향기 맡으며
그대 그림자 따라가고 싶기 때문이오.

집 앞 정류장 내리지 않고 지나치는 이유는
꿈길 그대와의 동행 조금 더 간직하고
잡은 손 놓치지 않기 위함이오.
가슴 깊이 파고드는 그대 떠나가는 뒷모습
이별의 통증 삭이고자 하는 것이오.

-「버스 정류장에서」 전문

"버스 정류장"은 떠남과 만남의 지점, 헤어짐과 재회의 장소입니다. 대규모로 도시가 형성되기 이전의 삶에서 버스 정류장은 어디론가 이동하고 새로운 준비를 도모하는 공간이었습니다. 지금 화자는 버스 정류장에서 떠나가 버린 이를 추억합니다. 누군가가 그 버스를 타고 떠나갔겠지요. 그가 간 길은 "북극성"처럼 아득합니다. 그 버스 정류장에 대한 기억은 "봄바람 수수꽃다리 향기"와 함께 남아 있습니다. 헤어짐의 통증을 안고 화자는 여전히 그 버스 정류장에서 떠나간 이와의 동행을 소망합니다. 이 작품에서 주목할 점은 지난 시간의 상처를 위로하는 형식으로 등장하고 있는 자연사물과 화자가 내면적으로 지향하는 '다른 지점', 새로운 시간으로 이행하려는 의지입니다. 화자가 바라보는 이 시/공간은 어떻게 형성되고 있을까요.

3. 실재하는 아름다움

추억은 시간의 일부이지만, 이를 다른 방법으로 전환하는 일이 가능합니다. 바로 특정의 공간으로 이 시간을 대체하거나 새롭게 모색하는 것입니다. 공간은 누구나 경험하고 언제나 존재하는 불특정적이며 추상적인 대상이지요, 그래서 공간보다는 특정한 개인의 관점에서 경험하고 체험하는 장소 혹은 장소성이 중요합니다. 시간은 단순하고 막연한 흐름이 아니라, 어떤 장소와 함께 그 장소 속의 체험을 환기하고 재구성 합니다. 시간은 장소 체험과 공존합니다. 시인은 "불투명한 새벽"과 "안개"에 대하여 노래합니다. 그런데 이 시간을 새로운 장소가 대체합니다.

> 해무 상습 출몰 지역에서는 비상등을 가볍게 억누르며 서행하자 간혹 살다보면 한 치 앞이 애매해지고 어디로 가야 할지 모호할 때가 있다 불투명한 새벽에는 잠시 잡은 손 살며시 놓고 적정거리 유지하며 감속하자 오해발생 구간에서 과속하는 연인들 어처구니없는 돌발상황을 야기하고 수습 어려운 긴 고독을 유발하며 씽크홀처럼 느닷없이 어디론가 스며든다 (…) 오랜 만남의 갈등 바다만큼 깊어지고 현수교 아래 통통거리는 배들은 하얀 붕대를 감고 섬으로 향하지만 이내 미궁 속으로 사라진다 시간은 넉넉하고 아직 늦지 않았다 한순간 가시거리 제로에 가깝더라도 갓길로 접어들지 말고 살포시 보조개 유지하며 잃어버린 것 잃어버리지 말 것에 대해 뜨거운 눈시울로 찾아보아야 한다 속도는 순간에 사라질 부질없는 허상 자욱한 서러움이 투명하게 걷힐 때까지 두 팔 깃털같이 흔들어 존재를 알리고 등대 수신호 따라 동백 피어나는 섬까지는 어깨 부축하고 아름답게 도착해야 한다
>
> –「안개구간」 부분

불투명한 시간의 모호성을 해소하는 방법은 "잃어버린 것 잃어버리지 말 것"을 찾는 것입니다. 속도에 연연하지 말고 찾아야 할 것은 바로 "동백 피어나는 섬"이겠지요. 시간의 속성에 가려져 보이지 않던 대상이 그 섬에 있다

는 것인가요. 시인이 찾아나선 그 섬은 어떤 의미를 지니는 것일까요. 섬에는 우리가 경험하지 못한 아름다운 시간이 존재합니다. 그래서 아주 멀리 있어서 도달하지 못하지만 꿈의 대상만이 되는 그런 공간일까요? 그렇지 않다는 것이 시인의 전언 속에 숨어 있습니다. 섬은 실재하는 공간, 우리의 삶 속에 존재하는 이상향입니다. 유토피아가 '없는 시간'을 이야기하는 것이라면, 지금 이 섬은 우리에게 '존재하는 유토피아'의 한 양상을 보여줍니다.

섬으로 가자.

2박 3일 월차 내고
외딴섬 민박집에서 ○을 그리자.
쉽사리 넘나들 수 있는 점선 말고
잘 지워지지 않는 유성매직으로
동그란 실선 쿡쿡 눌러 긋자.
끼니는 건너뛰어도 된다.
그 안에서 한눈팔지 말고
허리 휘청대는 야성에 몸을 맡기자.
보름달 거미줄에 걸리면
한 마리 늑대 되어
달빛사냥에 몰두하자.
이성은 부질없는 허상
원초적 본능 적나라하게 끄집어내어

어둠의 급소에 일격을 가하자.

사랑할 땐
인적 드문 섬에서
완전히 고립되자.
살해될 것 같아도 SOS 보내지 말고
지금은 각별한 우송되자.
유혹, 그 치명적 오르가슴
손톱으로 바람의 등을 할퀴며
주도면밀한 비밀을 잉태하자.

사랑할 땐
한 마리 수사마귀 되어 원 없이
산 채로 죽어도 좋다.

-「사랑할 땐 섬으로 가자」 전문

사랑은 사실상, 어떤 완성된 상태를 가리키기보다 부재와 열망, 고통과 미완성의 모습으로 다가올 때가 많습니다. 사랑의 아름다움은 그것이 지속되는 과정보다는 헤어진 이후와 추억의 시간을 통해서만 각인되는 듯 합니다. 그래서 사랑은 언제나 그 기표작용에 걸맞은 의미내용을 생성하지 못합니다. 어떤 철학자가 말했듯이 언제나 '미끄러짐'만 있는 것(보드리야르)이지요. 이 불완전한 사랑이 가능한 곳이 바로 섬입니다. "완전한 고립"을 통해서 완성되는 사랑을 지향하는 행위, 그 에로스적 충동이 실현되는 곳은 바로 우리의 경험세계 내에 존재하는, 실재하는 유토피아인 섬이었습니다. 이 곳이 변문영 시인이 지향했던 '다른 공간'이었으며 시간이라는 이름으로 재구성된 장소성이었습니다. 이런 상상이 가능했던 것은 결국 이 삶, 지상 위의 존재가 갖고 있는 유한성 때문이 아니었을까요.

4. 죽음, 기록된 삶의 형식

> 지면과 지상에는 각도에 구애 없이
> 무게중심 존재하지만
> 비탈에는 이제 머물 자리가 없다.
>
> -「돌탑」 부분

그런데 삶의 시간은 위태로운 "비탈"의 공간성으로 드러납니다. 생은 "길상사 극락전 앞뜰 붉은 상사화"(「어떤 슬픔」)처럼 처절하게 아름답고 "외롭고 서글프고 그리운 것"(「우시장」)이지만 언젠가는 모든 종말을 수용해야 하겠지요. "이별은 또 하나의 인연을 예고"하는 것이지만, 그래도 "저승으로 가는 길은 무겁고" "생자生者와 망자亡者는 순환"하는 것이고 "살다보면 잘라야 할 때가"오는 것이겠지요.(「회를 치다」) 이 모든 것들은 시간의 가혹함에서 비롯되는 것이겠지요. "둥글지만 않았던 세상살이"(「북어」)를 어떻게 견디고 극복해야만 했을까요. 아마도 그것은,

> 삶은 어차피 풀씨처럼 왔다가 풀꽃처럼 가는 것
>
> –「네잎클로버」 부분

처럼 생의 본질적 속성에 대한 치밀한 긍정으로부터 시작될 것입니다. 그래서 이런 시유가 다음의 작품처럼 아름다운 감수성으로 재구성되는 것은 자연스럽다고 보입니다.

> 손톱깎이가 없던 시절
> 어머니는 크나큰 재봉틀 가위로
> 옷감을 재단하듯 손톱을
> 싹둑싹둑 잘라주었다.
> 가끔 손톱과 함께 살점이 깎여나갈 때는
> 유년의 끝자락이 쓰라려 눈물을 찔끔거렸고
> 대낮부터 처마 끝엔
> 하얀 손톱달이 걸려 있곤 했다.
>
> 몸져누워 계시는 노모의
> 손톱을 잘라 주었다.
> "애야! 팔이 무거웠는데

구름처럼 가벼워졌다."
무거운 가위가 가슴을 눌렀고
손가락 끝이 저려왔다.
창문 너머 초승달이 처량히 꽂혀 있었다.

-「손톱」 전문

이 작품의 핵심은 구름처럼 가벼워졌다는 어머니의 말씀 한 줄에 모아집니다. 생은 가벼움을 지향할 때 아름다워지는 것이겠지요. 비우고 내려놓는 것이 일상에서 어떻게 구현될지 대답하기는 어렵지만, 죽음은 삶의 일부이면서 삶의 형식들 속에 기억의 방식으로 존재한다는 점은 분명해 보입니다. 시간은 죽음으로 향하고 있지만, 죽음의 시간이 반드시 모든 종말을 의미하는 것은 아닐 것입니다. 그 사실을 시인은 정확히 파악하고 있습니다. 죽음의 한 모습을 가장 극명하게 그린 작품에 주목할 필요가 있습니다.

그리 길지 않은 줄이 순서를 기다린다.
예보에도 쉬이 떠날 준비를 하지 않았고
지상에는 불타오르는 목백일홍 꽃잎들
빗물에도 꺼질 기미 보이질 않는데
젖은 것들의 눈빛이 하나같이 심상치 않았다.

살면서 초대받는 경우 종종 있지만

구천九泉의 손짓에 응한다는 것이 만만치가 않아
인연의 끈을 놓지 못하고 이승을 배회한다.
블랙의 유혹은 수시로 찾아오지만
밀크커피처럼 매번 달콤하지는 않았고
삼가 조의를 표한다는 것이 녹록지만은 않았다.

우기에는 십중팔구 고립당할 확률이 높아
가슴 한쪽 흰 봉투 하나씩 품고 다닌다.
폭우에는 갈 길도 기약 없이 멀어지고
뜨거운 육개장 국물과 영정의 미소는
얼큰한 속풀이로 적당치가 않았다.

간혹 비 맞은 후투티 후드득 깃털을 털면
홀로 술병 또각 비틀어 자작하고
씁쓸한 알콜의 도수도 예년과 다르다.
눈 감기 좋은 계절 정녕코 따로 없는데
하계 우중에는 한숨도 길어지고
오동나무 목관도 한결 무거워진다.

습기 먹은 관짝 살짝이라도 건드리면
지난 흔적들이 주르륵 흘러내린다.
물 먹은 꽃나무 껴안고 흔들면
꽃물이 마스카라처럼 번진다.

–「비오는 날의 초상화」 전문

죽음은 언제나 삶의 한편에 공존하고 있으며 살아간다는 일은 죽음을 마주하고 수용해야 한다는 점을 일깨우는 시간일 것입니다. 화자는 누군가의 죽음을 애도하는 시간을 갖고 있습니다. 하지만 그 애도는 종종 자신의 죽음을 생각나게 하고 그 시간을 어떻게 맞이해야 할지를 고민하게 합니다. 그런데 이 작품에서 가장 중요하게 보이는 점이 있습니다. 생이 최종적으로 도달한 지점에서 발견하는 과거의 시간들입니다. 다시 말하면 죽음은 생의 종말이고 영원한 이별이 아니라, 생의 기억들, 나누었던 체험을 기록하는 형식이라는 점입니다. 그래서 무덤과 관은 생의 아카이브입니다. 그것은 다시 쓰이고 기록될 가능성으로 놓이는 것이지요. 죽음의 형식은 살아남은 자들의 몫이듯이 모든 죽음은 기록의 대상이고 기억의 공간을 형성합니다.

5. 방향성의 문제

변문영 시인은 시간이란 문제를 삶의 지속성과 단절, 혹은 종말이라는 단선적인 관점으로만 인식하지 않습니다. 시간은 기억 속에서 일정한 체험과 경험의 공간을 형성하고 있지요. 기억은 시를 생성하는 중요한 장소적 체험으로 작용합니다. 그런데 그 장소는 현실에 없는 추상적인 공간이 아니라, 경험하고 실재하는 구체적 체험이

담긴 '있는 이상향'으로 작용하고 있습니다. 시집에서 중요하게 등장하는 '섬'의 이미지는 단순히 바다에 머물고 있는 대상이 아니라, 시간이라는 계기적인 무한 질서를 분절하고 내면화합니다. 이는 실재하는 아름다움을 찾고자 하는 의지작용의 결과물입니다. 삶의 충만한 의미(eros)를 찾고자 하는 노력이 가능한 이유도 여기 있습니다. 죽음은 모든 종말을 의미한 것이 아니라, 삶의 또 다른 형식, 다른 기억의 공간으로 향하는 기록(archive)이라는 것도 변문영 시에서 찾아낸 의미소라고 할 수 있습니다. 앞으로 그의 시 세계가 어떤 방향성을 갖게 될지 주목됩니다. 시간과 장소의 문제, 일상성의 의미화 등의 문제가 향후 그의 시에서 좀 더 심화되길 기대해 봅니다.

변문영

1962년 경남 거창 출생. 2013년 『월간문학』 신인상 당선으로 등단.
2020년 공무원노동문학상 대상 수상. 현 금천구청 근무.

곰곰나루시인선 014

사랑할 땐 섬으로 가자

초판 1쇄 발행 2022년 3월 1일

지은이 변문영 **펴낸이** 임현경
책임편집 홍민석 **편집디자인** 육선민

펴낸곳 곰곰나루
출판등록 제2019-000052호 (2019년 9월 24일)
주소 서울특별시 양천구 목동서로 221 굿모닝탑 201동 605호 (목동)
전화 02-2649-0609
팩스 02-798-1131
전자우편 merdian6304@naver.com
유튜브채널 곰곰나루

ISBN 979-11-977020-3-7

책값 9,600원